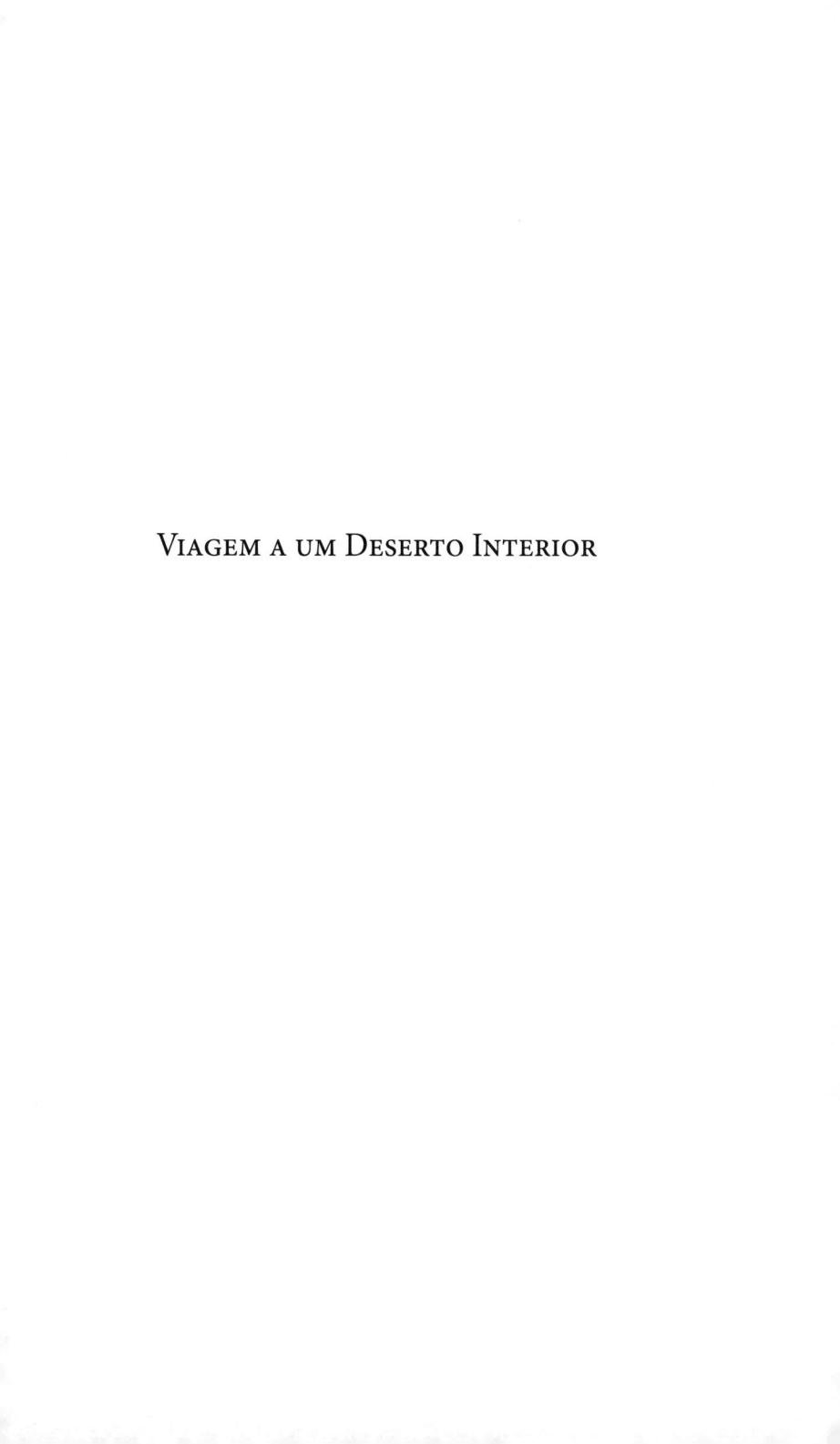

Viagem a um Deserto Interior

Leila Guenther

Viagem a um Deserto Interior

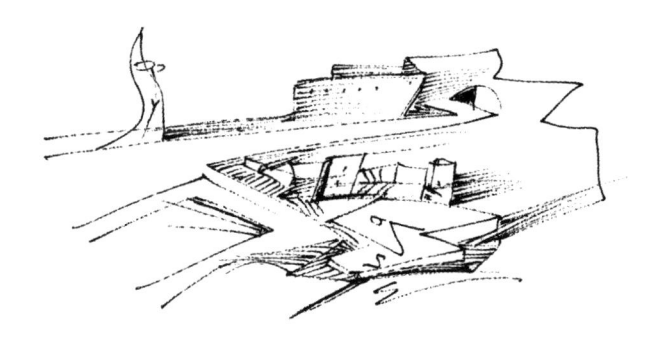

Ilustrações
Paulo Sayeg

Petrobras Cultural
BR *PETROBRAS* GOVERNO FEDERAL BRASIL PÁTRIA EDUCADORA Ateliê Editorial

Copyright © 2015 Leila Guenther

Direitos reservados e protegidos pela Lei 9.610 de 19 de fevereiro de 1998.
É proibida a reprodução total ou parcial sem autorização,
por escrito, da editora.

Dados Internacionais de Catalogação na Publicação (CIP)
(Câmara Brasileira do Livro, SP, Brasil)

Guenther, Leila
Viagem a um Deserto Interior / Leila
Guenther; ilustrações Paulo Sayeg. – Cotia,
SP: Ateliê Editorial, 2015.

ISBN 978-85-7480-711-9

1. Poesia brasileira   I. Sayeg, Paulo.
II. Título.

15-06105   CDD-869.1

Índices para catálogo sistemático:
1. Poesia: Literatura brasileira   869.1

Direitos reservados à
ATELIÊ EDITORIAL
Estrada da Aldeia de Carapicuíba, 897
06709-300 – Cotia – SP
Telefax: (11) 4612-9666
www.atelie.com.br
contato@atelie.com.br

Printed in Brazil 2015
Foi feito o depósito legal

Àqueles que me esperaram

SUMÁRIO

Paisagens de Dentro

Contorcionismo 15

Circe 17

Noite de Outono 19

Joana 21

Manhã de Inverno 23

Cimento 25

Recreio 27

Circo dos Medos 29

Ofélia 31

Pela Janela de um Carro em Movimento 33

Vigília 35

Bola de Cristal 37

O Deserto Alheio

Jonas & Jó 41

Museu de Antropologia 43

A Memória das Llamas............................. 45

Quando Chove..................................... 47

Avaria 49

Uma Luz Branca 51

Álbum.. 53

Wall Street 55

A Chat With Chet 57

Hibakusha.. 59

Vale do Colca..................................... 61

O Peixe 63

Timbuktu 65

Kinkaku-ji.. 67

Cauchilla... 69

O que Há de Mais Claro 71

Castelo de Areia

Less 75

O Cão sob a Mesa 77

Shinjū 79

Em Terra... 81

Manhã de Inverno................................. 83

Samādhi 85

Do Meu *Livro de Travesseiro* 87

Com as Folhas Secas............................... 89

Mudança 91
Movendo-se Aflito pela Sala 93

Um Jardim de Pedra

Comendo Sozinha 97
Construindo a Paisagem. 99
No Prédio em Frente 101
Mushin 103
Sempre Quis Saber 105
Yūgen. 107
Guarda-sol 109
Choku 111
The Sheltering Sky. 113
Assim Voando 115
Zazen. 117
Caminho de Bashō 119

A Possibilidade do Oásis

Summertime 123
O Cachorro Ressona. 125
A Letra A 127
"Não ser de Ninguém" 129
Sobre Lobos & Labão 131
Morte de Maria Deodorina 133
Cidadezinha Qualquer (Nunca mais Revisitada) 135

11

Dia de Natal 137
Street View 139
Em Volta do Centro 141
Jane Bowles 143
Flash 145

Agradecimentos 147

Paisagens de Dentro

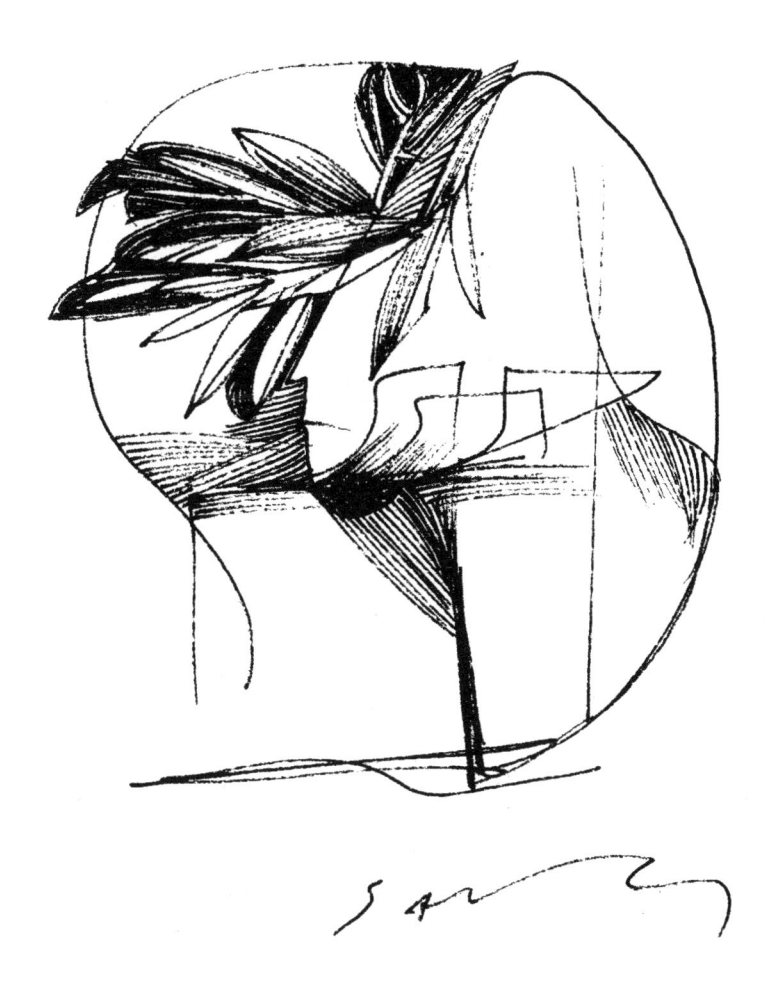

CONTORCIONISMO

Já caibo numa
Caixa de sapato

Mas o que eu queria mesmo
Era ser trapezista

CIRCE

Porque eu os amava
me encerraram aqui
nesta ilha
neste corpo

Transformo-os
no seu melhor
mas não posso beber
do meu próprio veneno

Por anos esperei
no topo deste penhasco

Ele não voltou:

ensinem-me algo do seu mundo
que eu ainda não saiba

Noite de outono:
sozinha ela prepara
o prato preferido dele

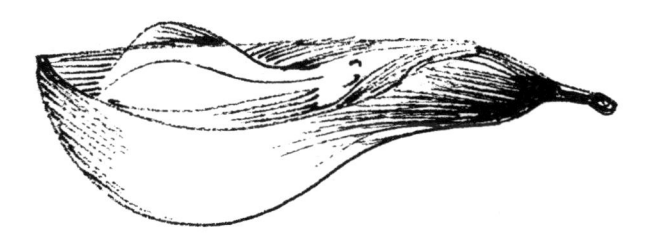

JOANA

Nascer só
Crescer só
Para estar só
Na longa guerra
Em que brincam as crianças
Em seus uniformes
Com suas espadas de madeira
Seus escudos de lata
Seus arcos e flechas
De borracha

Aqui me deixaram
Conduzindo-os, às crianças mudas e aos medos,
Pelos campos minados do Senhor

Aqui espero
Imaginando quão diferente o Jardim será
Das trincheiras e valas que tenho transposto
Só, sempre só

Quando acabará?
Será só o fim também?

Ao menos o fogo
– Companheiro indulgente –
Me dirá um dia
"E eu amo sua solidão,
Eu amo seu orgulho"?

Manhã de inverno –
com o cachorro no colo
a mulher sem filhos

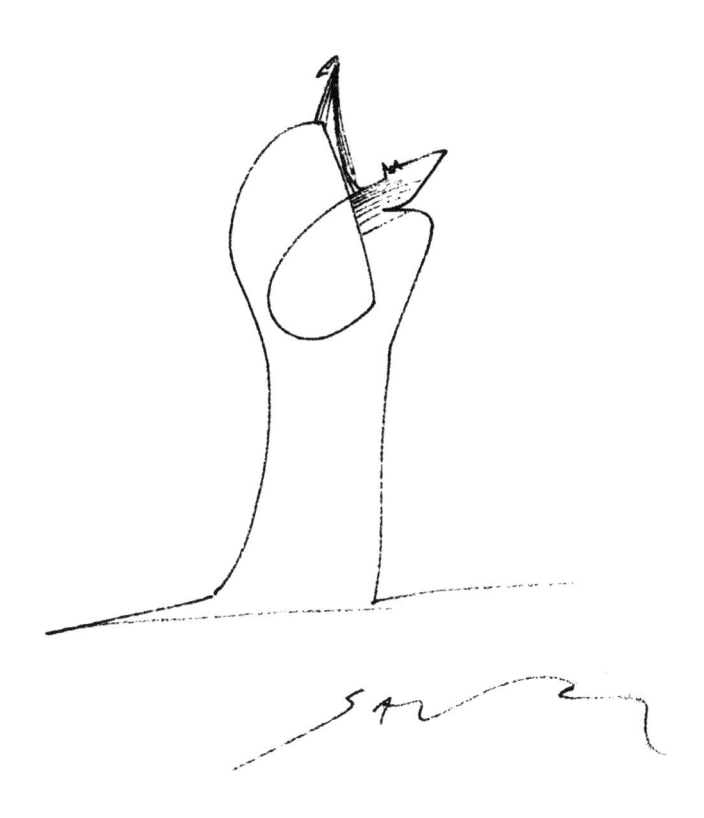

CIMENTO

Todas as fotos sumiram.
Seu rosto se desfez
como um muro aos poucos encoberto pelo musgo,
um muro cada vez mais rabiscado,
que vai perdendo a pintura,
até desabar com os anos de chuva e descuido
e deixar entrever a casa abandonada.

Uma foto apenas
– quase derruída –
reside em algum lugar de mim
tornado árido e áspero.
Um instantâneo
onde seu rosto se debruçava
sobre o meu
enquanto desaparecíamos.

Penso se o cachorro,
aquele cão que se perdeu na mudança,
hoje também se lembraria de seu rosto futuro.

RECREIO

Não tenho pares.
Só ímpares.

CIRCO DOS MEDOS

Fecharam-no.
Talvez fosse clandestino.
Talvez houvesse irregularidades.
Partiram, sem riso, os palhaços.
Os trapezistas se foram pelos ares.
Os cavalos correram assustados.
O dono fugiu com a mulher barbada.
O domador se sentou em seu banco de afugentar bichos
[no meio da praça
E nunca mais se levantou.
As feras escoaram, silenciosas, pela terra.

Apenas uma, a menor de todas,
ficou onde estava, quando destrancaram o cadeado.

Tudo se movia, menos ela.

Ensaiou com insegurança alguns passos ao redor
da tigela de água.
Mas as patas de digitígrado titubearam sobre o piso
por causa das unhas longas,
nunca aparadas.

(Ela mal pisava o chão quando exposta aos olhos
                                        [curiosos dos pagantes:
sempre equilibrada sobre a palma da mão do encantador
          [de serpentes, pulgas e outras espécies de tamanho
                                                  [diminuto.)

Cada vez menor.
A tigela de água parecia do tamanho do circo que
                                                  [conheceu.

Ela ainda espera atrás das grades enferrujadas da jaula
                                                    [entreaberta.

OFÉLIA

Assim me preparei
para o que viria:

a maior parte da vida gasta
em manter a cabeça
fora da água.

No ar
qualquer mudança no curso da borboleta
me derrubava.
Tinha ossos frágeis
e veias se viam
de meu pulso fraco.

Não sabia que teria de aprender a respirar sob a água.

Depois de tanto ter medo
(as pontas dos dedos se enrugam)
agora reino sobre Atlântida.

Pela janela de um carro em movimento
atiro
    um a um
todos os fios de cabelo
de minha cabeça

A viagem é longa

Minha noite se divide
em muitas partes
que não posso reunir

VIGÍLIA

Uma noite encerra
    em si mesma
a dispersão de todo um dia,
as horas que passei
julgando que contemplava
o interior das muralhas de vidro,
aquelas que guardavam a cidade
contra a violência das hordas.
Hoje desdenho delas.
    Gasto,
com pequenas lembranças em relevo,
a memória de sonhos não vividos,
jamais desejados,
o fluxo dos acasos
    quase cingido
por um movimento preciso
no instante em que tudo
volta a nascer.

Uma noite encerra
    em si mesma

a disposição de toda uma vida.

Detida pelo que acreditava

                    suspenso,

agora me aplico na superfície de vapor
sobre a qual se pode escrever
com a ponta dos dedos.

Recolho os despojos e,

                com paciência,

guardo o tesouro
em minha caixa de espelhos.

Por isso não durmo.
Por isso me debruço

                – alerta –

sobre o sono alheio.

BOLA DE CRISTAL

Quando recebemos nossa vida de volta
vimos tudo o que perderíamos em troca
pela tela de uma televisão:

        os seres que amamos
        o teto sobre a cabeça
        a confiança que depositávamos no chão

Partes de nós que se desgrudavam como a pele de um
                                                [leproso
sob a forma confusa de imagens que se sucediam:

        uma enchente no Rio
        um terremoto na Sumatra
        o Haiti destruído
        um pai no banco dos réus
        a filha morta
        uma roleta russa
        a escravidão da novela da tarde
        (nunca fomos livres, nunca seremos)

Quando teremos morrido pela primeira vez?

Na UTI o inferno era uma velha TV do futuro que só
                              [desligavam à noite
quando ninguém dormia e Lázaro mandava lembranças

O Deserto Alheio

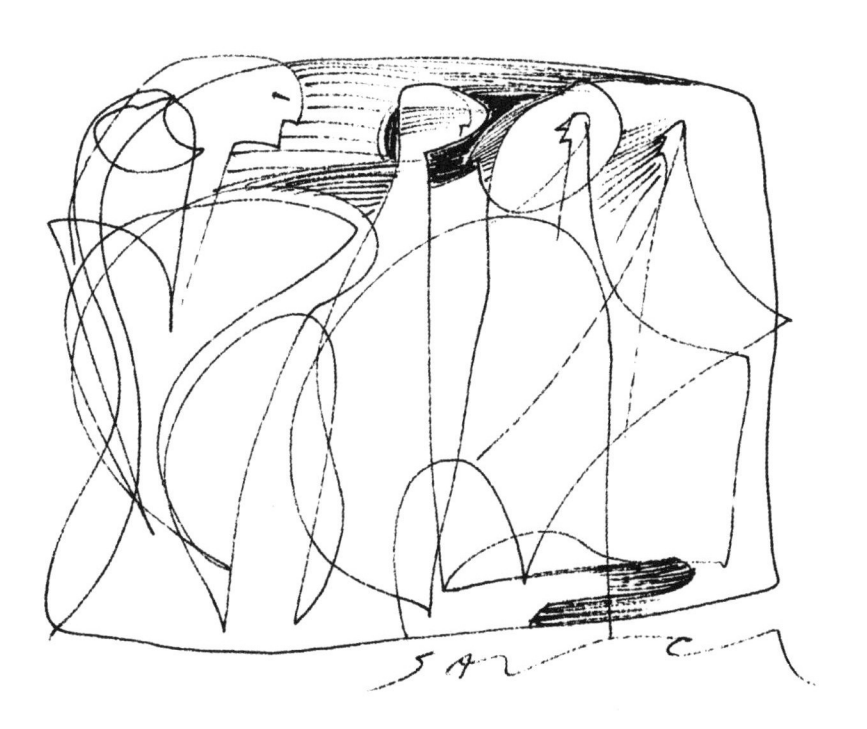

JONAS & JÓ

Ouvi o som de seus cabelos arrancados,
ouvi seus gritos mudos dentro da água em que se
[afundava,
ouvi como perdia os membros, um a um,
decepados rente à base de um corpo quase morto.

Prendo o fôlego para partilhar o ar que respiro
com quem naufraga pela terceira vez
no mesmo ponto do mar, longe da praia,
e já não tem braços para se agarrar
às mãos que lhe são estendidas.

Jó era uma mulher mastigada
na barriga de uma baleia,
que um dia
– em meio à espera e ao ruído de ossos quebrados –
há de ressuscitar.

Museu de Antropologia –
a melhor atração
é o esquilo comendo

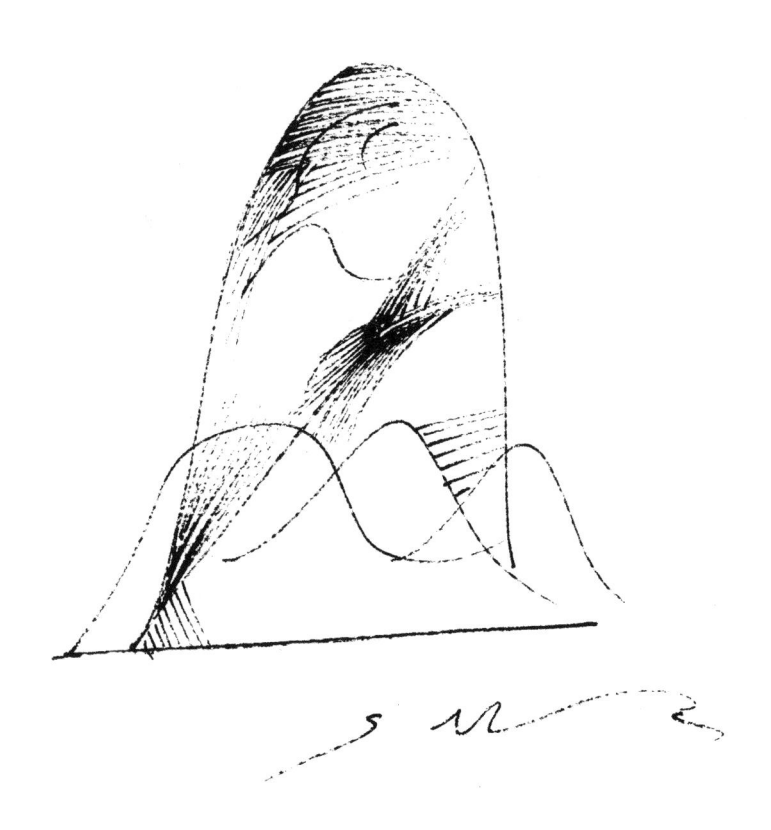

A MEMÓRIA DAS LLAMAS

elas ainda estão lá
pastando a terra seca
cada uma carrega em si toda a História

nos tempos antigos seu pescoço oferecido à morte
no altar dos deuses
               seu sangue
os homens compartilhavam o mesmo destino
               seu sangue

a crueldade é
             – hoje –
menor

(e que dizer de um bicho cuja maior injúria é um cuspe?)

no Peru já não se fazem sacrifícios de *llamas*
só de homens

Quando chove
fica todo prateado
o Rio Douro

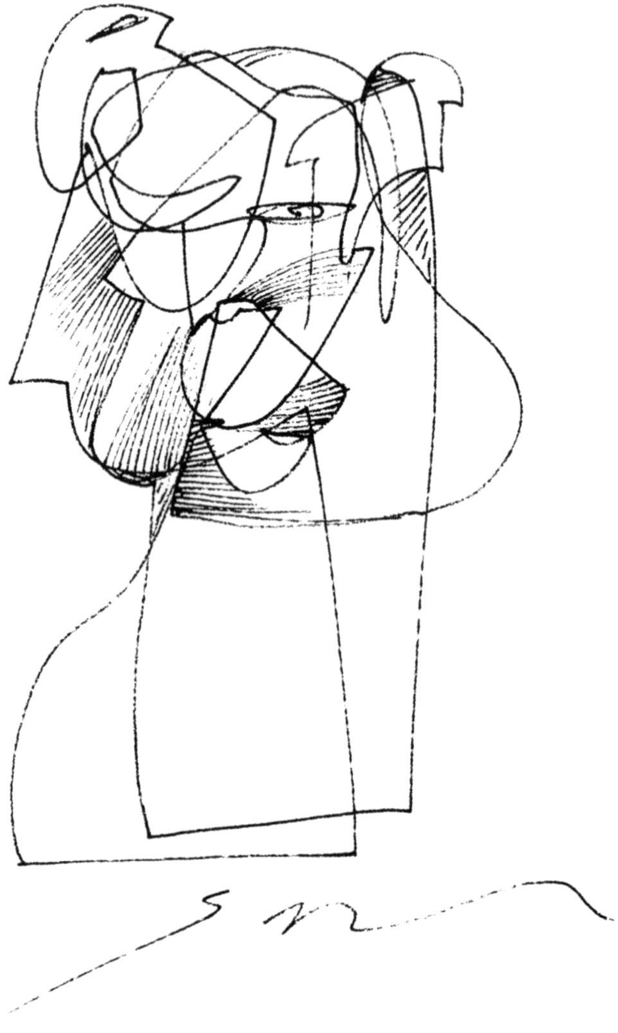

AVARIA

O menino de sorriso grande
e olhos tristes
repete
a intervalos regulares
o mesmo padrão:

imita a risada do palhacinho quebrado
o pedaço riscado do disco de cantigas
o alarme que vibra agudo
com a proximidade de outras vidas
até recomeçar outra vez.

Nos gestos mimetiza
o homem que seria.

Chamo-o a distância
mas ele não ouve.

De perto vejo os cordéis que o suspendem –

Não era um menino:
era um boneco
reproduzindo ao infinito as velhas decepções.

(Pudesse eu acolhê-lo em meus braços.)

Uma luz branca
ilumina todas as coisas –
manhã em Hiroshima

        (6 de agosto de 1945)

ÁLBUM

Por muito tempo olhei com atenção
todos os dias
as fotos de sua infância

Guardei seu sorriso sem dentes
as antigas fraldas
e o choro em preto e branco

Antes de você
as de meus pais avós amigos
as de quem eu não podia
                        vestir
com uma existência tão nova

(As fotografias aderem à pele da minha memória)

Surpreende-me como vamos ficando
cada vez mais próximos do que já fomos

(Seguindo para oeste
se chega um dia ao leste)

Ou talvez isso seja apenas
                      um artifício

um jeito de trazê-lo para dentro do meu presente

Para minha coleção de infâmias

Wall Street:
os raios de sol
nunca chegam ao chão

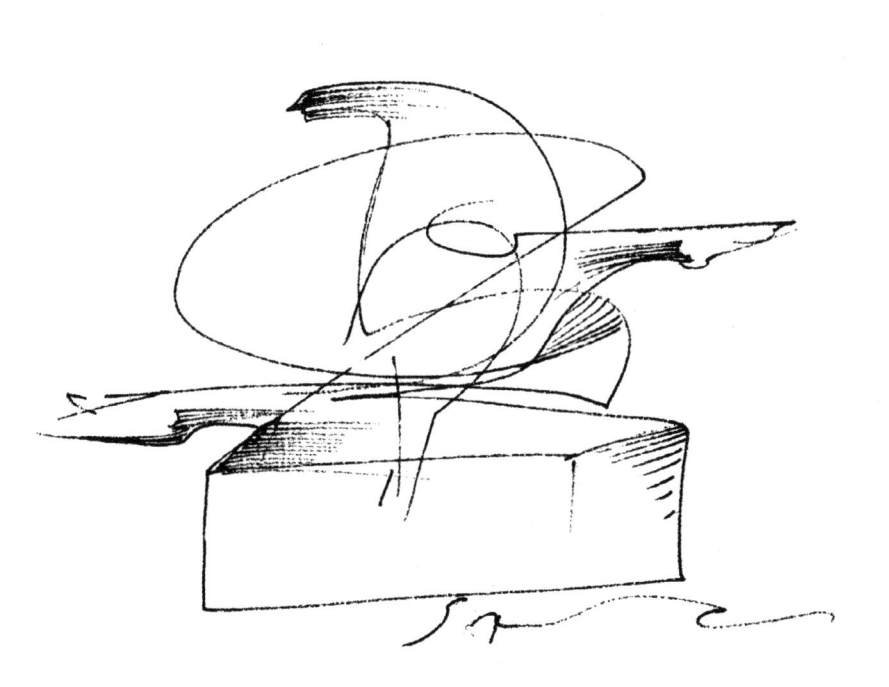

A CHAT WITH CHET

Gosto mais de sua voz agora
grave, baixa, pesada
pela força de atração da terra
sem aquele caráter flutuante de quando você era
um rapaz bonito e perfeito.

Gosto da economia de suas notas
e da sonoridade que elas adquiriram
depois que você perdeu os dentes.
Gosto mais de você sem dentes
e dos sulcos que surgiram das profundezas de sua face
depois que a máscara uniforme de garoto se quebrou.

Queria ter podido afagar todo esse seu rosto verdadeiro
quando você caiu daquela janela em Amsterdã.

HIBAKUSHA

Faz quase setenta anos que ela começou a caminhar
vinda do outro lado da Terra,
sem voltar os olhos nem uma vez para o lugar de onde
                                                  [veio,
como se os poupasse
dos que corriam em chamas.

Aos poucos os gritos foram ficando para trás.
Aos poucos deixou de escutá-los.
Pelo caminho foi deixando partes de si mesma:
cabelos, dentes, unhas.
Por causa dos sons que ficaram,
desaprendeu também a falar.

Não ouve falar da claridade,
não sente seu cheiro,
não a enxerga.

(Nunca uma luz foi tão escura)

Dela só guarda sobre a pele
o desenho da flor do quimono
que o fogo imprimiu.

Vale do Colca:
de novo estar aqui
pela primeira vez

O PEIXE

Há um peixe que me olha
De dentro de um aquário distante

Desceu os rios
Atingiu os mares
Singrou o Atlântico
Surgiu numa praia de pedra do Pacífico
Que – afinal –
É a mesma água
De todos os oceanos
Rios lagos fontes olhos

Ele me examina com sua fixidez
De porcelana
Como se contemplasse
A matéria que compartilhamos

Mas ele é cego

TIMBUKTU

Escorre o sal pela ampulheta.
O cão e eu contemplamos
a paisagem
para onde iremos um dia.
Um dia sairemos desta casa
eu e o cão, que,
pelo contágio,
ficou doente.
Recolhi-me com ele no fim do mundo
depois de ter espalhado o escuro.
Eu e cão
que só emerge de dentro de sua carcaça
quando atraído pela luz.
Ele e eu atravessaremos o deserto
rumo à fonte de fogo
onde outrora
do sal, do barro e do pó
se ergueu um mundo.
Para lá iremos
quando a peste acabar.

KINKAKU-JI

Incendiado o templo,
o monge finalmente
pôde ver o templo.

CAUCHILLA

Jaz sob a poeira do deserto
com os tendões cortados

Princesa de vermelho,
tantos séculos de espera
para que tão rápido a dilapidassem

Da próxima vez
já nem estará mais aqui

Através dos restos de seus ossos
e dos galhos que a única árvore
– o *huarango* agreste como um cacto no sertão –
estende em sua direção

nós sobreviveremos

O QUE há de mais claro
na cidade do Porto
é o seu céu escuro

Castelo de Areia

LESS

Nunca tive um lugar que fosse meu.
O que tenho são mochilas, caixas de papelão, objetos
                      [descartáveis usados inúmeras vezes.
Me resguardo atrás das paredes frágeis de embalagens e
                      [sacolas de plástico.
Quando acordo durante a noite, é sempre em outro lugar.
        [Um dia a porta fica à direita; no outro, a cama é
            [estreita. Às vezes esbarro em objetos que
                [surgem do vazio.

Nunca tive para onde voltar. Não lembro como é tomar
                            [água em copo.
Vivo nos livros. Os que estão guardados, longe. Fiz deles
[minha casa. Construo com páginas e paciência o teto,
              [as janelas, o minúsculo quintal.
Já faz tempo que a escova de dentes não habita uma
                            [gaveta.
Já faz muito tempo que desaprendi a utilidade dos
                            [cabides.

O cão sob a mesa
afinal era um sapato:
estou envelhecendo

SHINJŪ

Do lado de lá da verdade
o espelho guarda o segredo
da imagem que o imita

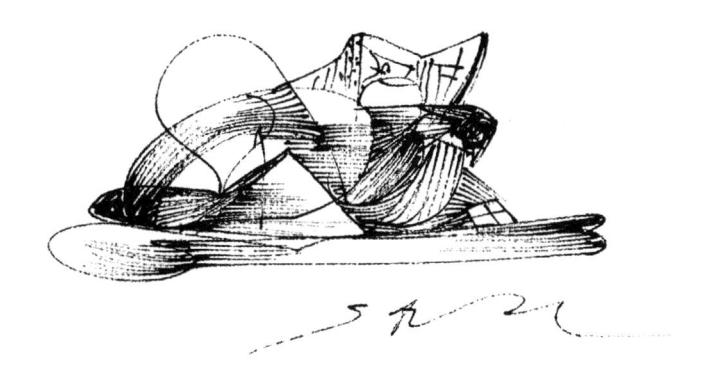

EM TERRA

Me chamam de algum lugar de dentro.
Som de ondas, de mar batendo em vão contra as pedras,
de ferros se chocando no fundo do oceano.
Fora, as plantas crescem.

Sob minhas unhas ainda há terra
com que semeei os mortos.
Eles vingaram.
No quintal dão frutos doces
mesmo quando não maduros.
Nos vasos – pequenos –
estendem os caules e as folhas
num emaranhado confuso de liberdade
que as mãos
– antes de serem raízes –
não puderam tatear.

Nunca lhes falta água.

Manhã de inverno –
a garrafa de gim
mudou de lugar

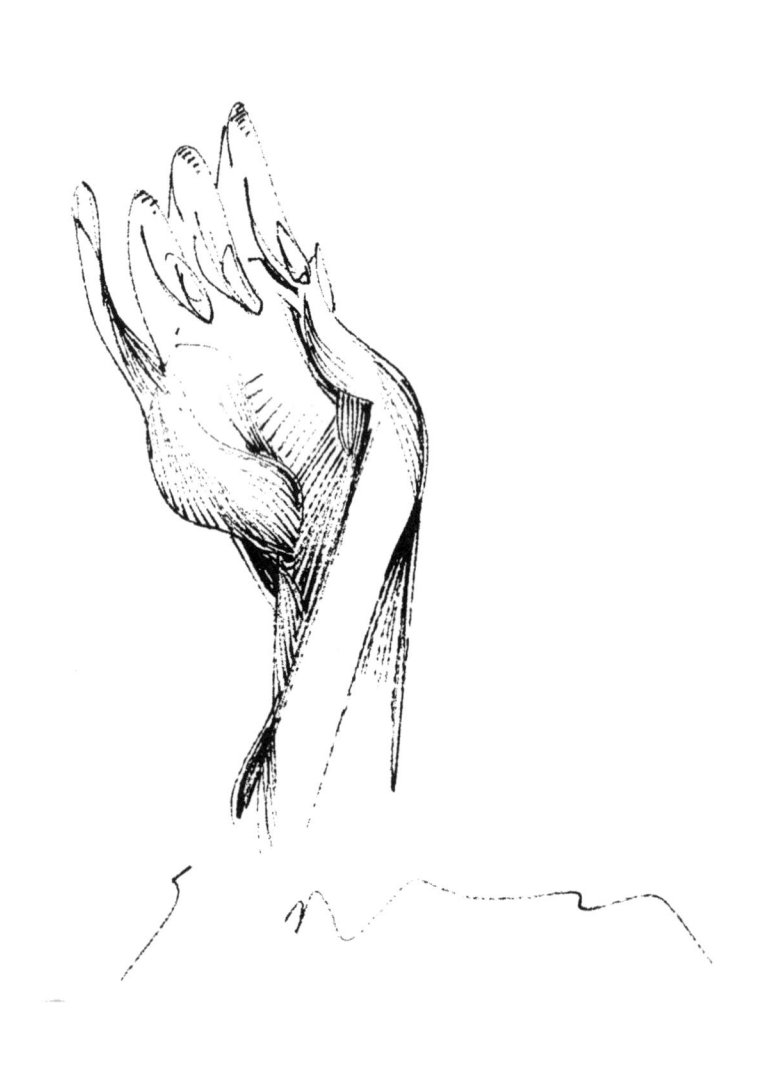

SAMĀDHI

Espalhadas todas as moedas do pote sobre a mesa
pus-me a separá-las por valor em pequenos montes de
[dez.
Concentrei-me na tarefa meticulosa de contar com
[atenção
como poucas vezes me foi dado o privilégio.

Por um momento fez-se o sentido que desejei estender
a todos os limites do tempo.

Que cada pequena coisa guardasse sua verdade,
que eu ficasse presa para sempre àquele instante
quando o passado era uma carta rasgada
e o futuro, um envelope vazio

e a alegria era contar moedas de centavos
que nem eram minhas.

DO MEU *LIVRO DE TRAVESSEIRO*

Lembranças que perdemos: um quimono bordado pelo bisavô com linhas de seda que ele próprio tingiu. Na altura da nuca, o símbolo da família, em lilás, que eu gostaria de ter tatuado para não me esquecer de como era. Da bisavó, um andor em miniatura, sobre o qual um pequenino casal de madeira se equilibrava. A caneta-tinteiro do avô que buscava a perfeição dos *kanjis*. O caderno de receitas da avó, escrito no português todo peculiar que ela inventou.

Com as folhas secas
e ainda crescendo
a samambaia esquecida

MUDANÇA

Os objetos nas caixas
urdem uma vingança
que se dará sem som
e sem movimento

Os objetos nas caixas
transpiram entre folhas de jornais
enquanto esperam com paciência
serem arremessados no vazio
pela janela do mais alto andar
por quem um dia há de arremessar
                                            também
a si mesmo

Movendo-se aflito pela sala
O cavalo selvagem derruba os quadros
E destrói os cristais
Com um coice
Ou um sacudir de cabeça

Impossível pôr-lhe arreio
Só o que podemos fazer
É abrir a porta

Um Jardim de Pedra

Comendo sozinha,
o *sushi* parece mais frio –
noite de inverno.

CONSTRUINDO A PAISAGEM

Usando a natureza
Para imitar a arte

Reduzindo o cascalho
À abstração

Petrificando a distância
Para sustentar o tempo

Assim engendra a cabeça raspada que o sol cresta

De nenhum ponto do espaço se veem as quinze partes:
Uma está sempre escondida atrás do todo

Em Ryoan-ji
Não há nada mais vivo do que as pedras

E para quem as dispõe
Já não é possível sair do jardim
Sem perturbar a ordem do arado

No prédio em frente
o homem que limpa vidros
também é transparente

MUSHIN

Quando não há mais sujeito e objeto
como saber se aquele que mata
não é o mesmo que é morto?

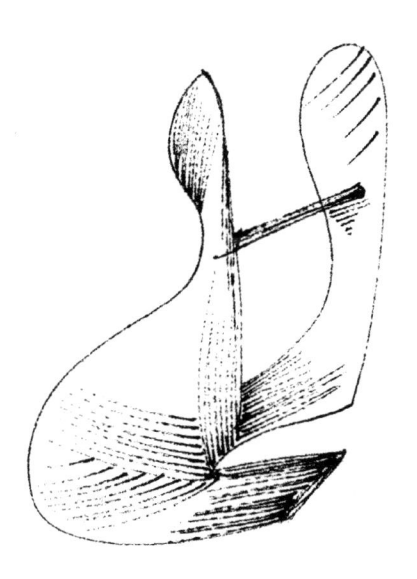

Sempre quis saber
O que há no cerne da pedra

Quantas moscas
São Francisco de Assis atraía
Para os braços erguidos em louvor

Se os dragões da China
Também cuspiam fogo
Como os de cá

YŪGEN

Dentro da terra é inverno
Quando na superfície é primavera
E quando no centro floresce
Fora é verão

O interior abriga a memória
De algo que já foi

Como um pensamento
Que já teve um corpo

GUARDA-SOL

Vivo à sombra do que me espanta.

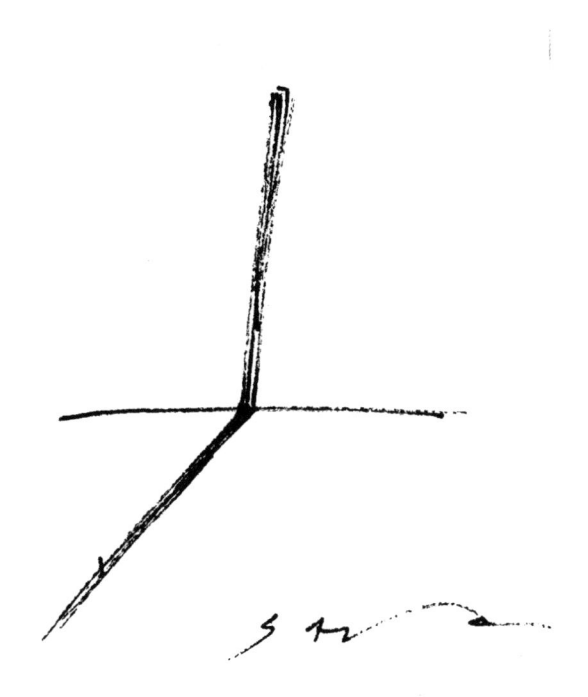

CHOKU

Deixando para trás
as máscaras,
as vestes,
o que não é Buda,
ela pode voar mais alto que o grou
(o grou, que caminha com repugnância na água parada).

Mesmo despojada de tudo,
ela rejeita a ascensão do voo:

no lodo nasce o lótus.

THE SHELTERING SKY

O fluxo da areia
Provoca sulcos nas margens da garganta

Are you lost?

O norte do deserto não se divisa
Só seu centro se vê
Aquela clareira sem interrupção
Um abrigo ao relento
Uma proteção contra a sombra

Yes, I am

No meio medido por instrumentos imprecisos
Onde a areia é mais silenciosa
O rumor do *ghibli*
Me diz que não me afaste
Nunca
Do pó

(Sempre a terra a nos afogar)

Assim voando
o pássaro mais belo
é o urubu

ZAZEN

Sobre o *zafu*,
olhando a parede, o mundo
parece maior

CAMINHO DE BASHŌ

O que diz respeito à montanha
Aprenda da montanha

O que diz respeito ao vulcão
Aprenda do vulcão

A Possibilidade do Oásis

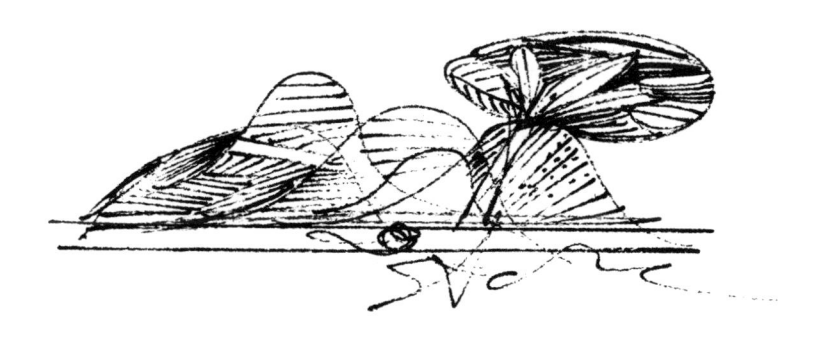

SUMMERTIME

Você ainda tentou escapar
quando eu o conduzia para dentro do meu terror
Renitente, você vinha
e eu o tomava pelas mãos
sem saber ao certo como

E entre pequenas emersões que lhe eram concedidas
partilhava comigo a constelação de azulejos
águas
e a fragilidade do gesso esculpido
em formas delgadas de caleidoscópio
Você me desvendava os jardins de Alhambra
como a criança oferece o desenho do primeiro coração

Numa noite de chumbo
contemplamos o tablado e os *bailaores*
vergando os corpos
como se se debruçassem sobre o abismo
Depois fomos
descendo Granada abaixo
descendo sempre

Num bar escapava de uma guitarra flamenca
um lamento disfarçado do que você achava
que eu era feita

Nada mais foi tão nosso quanto Andaluzia

O CACHORRO ressona
no lado vazio da cama –
noite de inverno

A LETRA A

Foi pela forma com que se urdiram as letras
que o amor começou, eles o comprovam.
Certo estava aquele texto
a afirmar que no início era o verbo.
A carne, os cheiros, o toque, as sensações aguçadas pelas
                                                      [palavras
que pairam sublimes e altivas acima das lides, da
        [destruição do tempo, das crianças se avolumando
                                [barulhentas ao redor,
ensinam o que é uma biblioteca: um ato de amor.
        E como ela perdura, ainda que os incendiários de
                [Alexandria continuem à espreita.
O corpo acabará, o som morrerá na boca, antes de vir à
                                                                                 [luz,
os cachorros, as árvores e os pássaros perecerão,
os filhos tomarão seus caminhos como veias desligadas
                                                       [das artérias
e até aquela casa, onde passei os melhores momentos de
                                                             [meu exílio,
se extinguirá um dia.

Mas nela habita uma carta
para que os outros vivam.
E a ciência do futuro a decifrará
assim como um dia decifrou
os papiros do Egito.

"Não ser de ninguém",
alegra-se a cabeça que
o carrasco cortou.

SOBRE LOBOS & LABÃO

Se me chamasse para viver sete anos em uma cabana nas
                                                           [Rochosas
para descobrir por que os lobos esfregam suas salivas,
e desprezam o último da hierarquia, sem o qual não
                                                           [podem sobreviver,
e nos deixam entrar na toca dos filhotes quando nem o
                                                           [pai pode fazê-lo,
e, sobretudo,
para classificar suas diferentes modalidades de uivo,
eu iria para lhe dar os melhores anos que ainda restam.

Se não fossem o trabalho que me espera,
a conta de luz,
a ração do gato,
as consultas médicas.

Se não fosse a vida.

MORTE DE MARIA DEODORINA

As imagens antigas se misturam às palavras que vieram
[depois
num livro desencadernado que trago na cabeça há anos,
desde que num certo verão fiz pela primeira vez sozinha
[a longa travessia
e suas páginas foram durante muito tempo a única
[companhia
que de vontade própria escolhi.
Desconheço enredo, trama, entrecho.
Não me importam senão as palavras dispersas
cujos significados me escapam:
"exclamei me doendo",
"meu de natureza igual",
"eu não sabia por que nome chamar".
Um homem se fazendo homem
quando já era tarde,
beijando olhos,
acariciando cabelos cortados rente com uma tesoura de
[prata,
suas lágrimas lavando um cadáver para afogar a memória.

As imagens, anteriores às palavras,
eram ainda mais confusas aos meus olhos novos,
mas não menos imantadas.
Por algum motivo que não lembro
– talvez o acidente que nos quebrou a todos –
eu podia ficar acordada até o programa acabar.
Desconheço enredo, trama, entrecho.
Só recordo que o corpo da mulher
oferecido inútil em sacrifício
jazia num altar e brilhava todo no seu fim,
nos olhos velhos do homem,
e que era tarde,
muito tarde.
Eu, que também não pude ser a mulher que devia,
combatendo como estava em outra guerra,
descobri menina que o amor morava numa tela
[luminosa de TV.

CIDADEZINHA QUALQUER
(NUNCA MAIS REVISITADA)

Adeus à terra
onde se põem
salto alto
prótese nos seios
lente de contato
e se alisa o cabelo
e se passa batom
e se pintam as unhas
da cor do vestido
apenas para levar
o lixo para fora

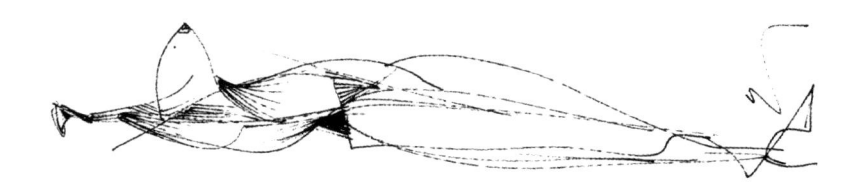

Dia de Natal:
em silêncio ela agradece
pelo filho que não teve

STREET VIEW

A casa afirma sua existência no mapa das ruas.

É quase possível mover-se ao redor dela
como faço nos sonhos de que é sempre o cenário principal
e como fazia com as crianças da vizinhança
quando ela era a ilha perdida de Crusoé
o faroeste com *saloon*
o hospício gigante
o balcão de Julieta.

Há uma nova cerca
e um carro na garagem.
No lugar do milharal
longos varais se enfileiram.
Há um adesivo colado na janela da frente
que dá para a varanda
onde uma mulher de cabelos brancos e vestido de
    [estampa miúda se deixava ficar como um espectro.

No entanto
não existem mais a mulher
(cada vez mais parecida comigo)

para quem me vejo acenar sem resposta
nem a casa
em cujo terreno vazio construirão um prédio.

E não sei por que ainda me espantam
suas paredes de madeira em movimento
fixadas na eternidade frágil de um programa de
[computador.

EM VOLTA DO CENTRO

Há quinhentos anos
percorria corredores e cômodos
como se estivesse de visita.

Transitava entre bombas,
aviões que caíram,
suicidas e mortos de fome.

Viajava sem movimento,
recoberta por nuvens que se condensaram
antes de o mundo nascer.

Na dissolução escutou sua voz.
A única que foi capaz de banir
o musgo que se acumulava sobre a pele.

A voz tinha a forma do sol
quando toca o topo do monte Kailash
                                  no verão.

Aquela voz
– a mais de 44000 quilômetros de distância –
salvou sua vida.

JANE BOWLES

Não cortará os cabelos e os laços por Diego
Não irá para o hospício por Auguste
Não se matará com gás por Ted

O máximo que faria
Era se mudar para Tânger

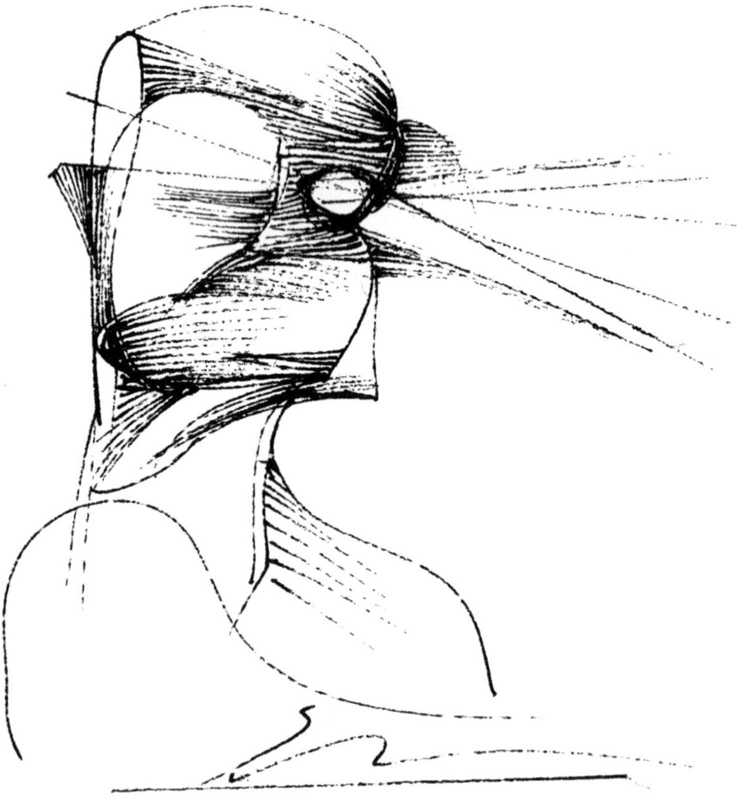

FLASH

Pela lente ele registra
o que ela foi e o que será
neste agora de dilemas
em sépia e preto & branco

      (Ele sabe que ela não possui sombra)

Ela se deixa captar
em inúmeras imagens
que ele depois
vai destruindo
      uma a uma

só para guardar na membrana do globo ocular
o que ninguém mais viu
      ou verá

AGRADECIMENTOS

A Ahmed Hussein El Zoghbi, Alcides Villaça, Francisco Achcar (*in memoriam*), Graziela Schneider, Herbert Alfred Guenther, Kazuko Utsumi Guenther, Marcelo Donoso, Paulo Sayeg e Programa Petrobras Cultural.

Título	Viagem a um Deserto Interior
Autora	Leila Guenther
Editor	Plinio Martins Filho
Produção editorial	Aline Sato
Ilustrações	Paulo Sayeg
Capa	Camyle Cosentino (projeto gráfico)
	Paulo Sayeg (ilustração)
Editoração eletrônica	Camyle Cosentino
Formato	14 × 21 cm
Tipologia	Minion Pro
Papel	Chambril Avena 80 g/m² (miolo)
	Rives Tradition Bright White 250 g/m² (capa)
Número de páginas	152
Impressão e acabamento	Cromosete